Stefan Loß (Hrsg.)

Ich schenk dir FRÜHLINGS GESCHICHTEN

… die Mut machen!

BRUNNEN
Verlag GmbH · Giessen

MIX
Papier | Fördert gute Waldnutzung
FSC® C083411

Lektorat: Stefan Loß
Umschlaggestaltung: Daniela Sprenger
Satz: DTP Brunnen
Druck: CPI Books GmbH, Leck
Gedruckt in in Deutschland
ISBN 978-3-7655-4381-4
www.brunnen-verlag.de

Für

....

Von

....

Inhalt

REBECCA DERNELLE-FISCHER

Ein Oratorium für Peter Sörenson

„Jetzt geht es los.“ Peter schließt die Augen, atmet tief ein. Er lässt die ersten Noten des Oratoriums seine Seele durchdringen. Dann schaut er ins Publikum. Seine Frau ist da. Wie schön! In der letzten Reihe, links, da wo er selbst wochenlang jeden Freitagabend gesessen ist, bemerkt er einen grinsenden kleinen Jungen. Seine Füße wippen in Takt. Peter lächelt auch und konzentriert sich auf die Musik. Dabei kommen alle Erinnerungen dieses Jahres wieder hoch.

Ein ungewöhnliches Jahr – das kann man wohl sagen. Alles hatte mit einem Herzinfarkt angefangen. Kurz hatte Peter um sein Leben gebangt. Zum Glück kam die Hilfe zügig und er erholte sich körperlich ziemlich schnell. Aber etwas in ihm blieb wie zerbrochen. Er konnte die Angst nicht loswerden, dass es ihm wieder passieren würde. Er war irritiert, schnell abgelenkt, genervt. Richtig angekotzt, ja, das war er. Bei der Arbeit konnte er sich kaum konzentrieren. Er machte Fehler, reagierte wütend und ungeduldig. Sein Chef hatte genug von diesem Verhalten. An einem Freitagnachmittag hatte er Klartext gesprochen: „Peter, wenn es so weitergeht, muss ich dich entlassen." Das hat Peter den letzten Schlag versetzt. Er hatte sich doch erholt, hatte die Anweisungen seiner Ärzte treu befolgt! Aber es reichte nicht. Es würde nie reichen! Alles in ihm war schwer geworden. Seine Leichtigkeit, sein Humor und sein gewohnter Optimismus waren wie weggefegt. Seine Frau wollte ihm Zeit lassen. Sie hoffte, bald „ihren Peter" wiederzuhaben. Aber Peters Boss hatte keine Geduld mehr. Er wollte ihn mit seiner Drohung wachrütteln und ihm eigentlich auch helfen. Das sagte er Peter zumindest. „Komische Art, mir zu helfen", dachte Peter und knallte die Tür hinter sich zu. Er wollte seine Wut, seinen Kummer und Frust nur noch wegtrinken. Alles vergessen. Er war zu müde, um weiterzukämpfen. Er lief direkt zur Kneipe. Doch im letzten Moment machte er kehrt und ging stattdessen leise durch die offene Tür in die Kirche.

Da, hinten links, da saß er. Lange, sehr lange. Er kaute verbittert auf seinen Gedanken herum. Er schaute dem gekreuzigten Jesus direkt in die Augen: fragend, trotzig. Er zischte: „Und jetzt? Wieso lässt du mich einen Herzinfarkt überleben, nur damit sich danach alles mies und leer anfühlt?" Wie lange er dablieb, war ihm nicht bewusst. Plötzlich hörte er die Stimme des Chorleiters. Es war Freitagabend: Chorprobe, ja klar! Peter rutsche ein Stück in den Schatten und blieb. Er wollte noch nicht weg. Er konnte es nicht.

Interessiert beobachtete er die Probe. Er kannte das alles gut. Als Junge war er jahrelang im Kinderchor gewesen. Er hatte so gern gesungen. Er liebte es. Es war wie fliegen, frei sein. Schenken und beschenkt sein gleichzeitig. Die Konzerte waren ihm am liebsten gewesen. Und wenn das Publikum am Ende klatschte, dann drohte sein Herz vor Freude zu platzen. Er musste dann schnell raus, um frische Abendluft zu schnappen und für das Leben zu danken.

Da saß er jetzt: müde und krank. Aber in der Probe vergaß er für einen Moment den Rest der Welt. Herr Steiger, der Chorleiter, hatte einen guten Ruf in der Stadt. Er war dynamisch und wagte sich auch an Projekte, die sich andere nicht zutrauten. Er sagte: „Ab nächste Woche wird es ernst. Wir haben etwas Größeres vor. Ich freue mich sehr, mit euch beim kommenden Jubiläum des Kirchenchors einen Teil des bekanntesten Oratoriums von Georg Friedrich Händel aufzuführen. Ihr seid dieser Aufgabe gewachsen. Macht euch bereit für den Messias!" Stille im Raum. Dann jubelte der Chor. „Einmalig! Wunderbar!" Auch Peter war verblüfft. Das wollte er nicht verpassen und so nahm er sich vor, ab jetzt bei jeder Probe dabei zu sein. Er verließ diskret die Kirche und kehrte Freitag für Freitag zurück.

Er saß immer da, an seinem Platz, ganz hinten links. Längst hatte der Chorleiter ihn bemerkt. Aber er ließ ihn in Ruhe. Er spürte, dass dieser Zuhörer einfach Zeit brauchte. Einmal brachte er ihm sogar eine Tasse Tee. Er sagte kurz „Ich bin der Willy. Schön, dass du da bist." Peter nahm die Tasse dankbar an und antwortete: „Peter, Peter Sörenson." Und so wurden seine Besuche bei den Proben zur Gewohnheit. Peter gehörte einfach dazu. Langsam kannte er die schwierigsten Stellen. Er merkte, wenn der Chorleiter sich freute und wenn er eher frustriert war. Er war gerne dabei. Woche für Woche war Peter immer besser gelaunt. Er fühlte sich leichter. Bei der Arbeit klagte sein Chef nicht mehr. Und daheim merkte Peters Frau, dass ihr Mann peu à peu wieder entspannter, offener, wieder er selbst wurde. Etwas war am Blühen. Das spürte sie.

Eine der Proben fing anders an als gewöhnlich. „Heute wird unsere Probe anders laufen. Ich möchte, dass ihr euch in der Kirche hinsetzt, es euch gemütlich macht und einfach zuhört." Herr Steiger schaltete seinen Computer an, klickte hier und da und lief dann ruhig nach hinten links. Er nahm direkt neben Peter Platz. Eine tiefe Stimme sagte: „Sie hören die Erzählung ‚Georg Friedrich Händels Auferstehung' von Stefan Zweig." Die Lesung dauerte fast eine Stunde. Alle hörten aufmerksam zu. Sie waren begeistert von Händels Geschichte. Peter konnte seine Gefühle kaum im Zaum halten. Er erkannte sich selbst. Die Worte trafen ihn ins Herz. Händel war auch schwach gewesen – müde, genervt, frustriert von der Krankheit, die ihn so verändert hatte. Ja, Händel wollte auch mal aufgeben. Er hatte auch keinen Bock mehr. Auch er hatte gekämpft. Auch er hatte versagt. Auch er hatte Sorgen. Und dann:

„Sei getrost!"

Händel hatte die Musik für den „Messias" kreiert – geradezu geboren, empfangen. Es war ein Wunder gewesen. „Händels Auferstehung", wie Stefan Zweig es nennt. Peter war gebannt, begeistert, berührt.

Als die Stimme schwieg, war es so friedlich in Raum. Leise. Leise, bis ein „Halleluja" ertönte, dann ein zweites und bald fingen alle Anwesenden an zu singen. Peter auch. Es fühlte sich an wie Fliegen. Als es wieder ruhig wurde, drehte sich der Chorleiter zu Peter um und sagte: „Und? Bist du jetzt bereit?“ Peter nickte nur. O ja, das war er.

Und endlich ist es so weit. Die Kirche ist proppenvoll. Händels „Messias“ klingt einmalig schön. Peters Frau traut ihren Augen und Ohren kaum. Ihr Peter sieht so glücklich aus: wie ein kleiner Junge, voller Freude und Bewunderung!

Als die letzten Noten verklungen sind und das Publikum nicht aufhören kann zu klatschen, verlässt Peter still und heimlich die Bühne. Er braucht Luft. Er will den Abendhimmel sehen. Danken. Atmen. Er steht da, sieht nach den Sternen und spürt plötzlich eine kleine Hand nach seiner greifen. Er schaut nach unten und siehe da: Da ist der kleine Junge, der hinten links gesessen hat, auf „seinem“ Platz. „Danke“, sagt der Junge. „Danke auch“, sagt Peter. Beide grinsen. „Es war schön.“ „Finde ich auch.“ „Total schön!“ „O ja.“ Peter geht in die Hocke und fragt den Jungen: „Magst du auch singen?“ Und der Junge flüstert ihm ins Ohr: „O ja! Es ist wie Fliegen, leicht sein.“ Peter schaut ihn verdutzt an und der Kleine sagt: „Versprichst mir, dass du nie wieder so lange aufhörst zu singen?“ „Versprochen!“ Schon rennt der Kleine weg und Peter ruft: „Hey, warte! Wie … wie heißt du eigentlich?“ Nur von Weitem noch hört er eine lachende Stimme: „Peter, Peter Sö…“

Als Peters Frau in den Garten der Kirche kommt, findet sie ihren Mann wie beschwipst vor Freude. Er umarmt sie und tanzt ein paar Schritte mit ihr. Sie fragt leise: „Alles gut, Peter?" Und er antwortet nur noch „O ja! Alles gut, mein Schatz, alles gut."

„Jetzt geht es los", denkt er und freut sich auf alles das, was in seinem Leben noch kommen wird.

ANDREAS MALESSA

Was mit muss, wenn man weg muss

„Jetzt geht's los!" – wie fanfarenhaft man das in den Raum trompeten mag, wie jubilierend alarmierend es auch ausgerufen wird: Kleine Kinder und alte Leute kommen trotzdem nur schleichend los, kommen meistens eher schlecht weg.

Also nicht in der öffentlichen Wahrnehmung, da kommen kleine Kinder gut weg und nur alte weiße Männer kommen eher schlecht weg.

Nein, ganz alltagspraktisch, im sogenannten normalen Leben geht's meist später los, als es losgehen könnte: Bis der 7-jährige Grundschüler das Pausenbrot genehmigt, die Regenjacke gewählt, den Reißverschluss geschlossen und den Turnbeutel geschultert hat, ist der Schulbus weg.

Bis die 70-jährige Oma den Kuchen geschnitten, die Sonnencreme gefunden, die Isomatte gerollt und die Badetasche gepackt hat, ist die Sonne weg. Über der Liegewiese im Freibad jedenfalls.

Und das sind ja erst die kleinen Aufbrüche. Zum Konzert, in den Gottesdienst, zum Verwandtenbesuch. Der große Aufbruch, der in den Urlaub zum Beispiel, der geht ja los, bevor er losgeht: „Augentropfen, Bürste, Creme, Duschgel, Etui, Föhn, Gesichtswasser …“

Aus dem Badezimmer dringt eine Art liturgisches Murmeln. Buddhistischen Mantras nicht unähnlich. „Haarspange, Kamm, Lockenstab, Mückenspray, Nagellack, Ohrringe …“ Mechthild war früher Lehrerin, sie sortiert so was alphabetisch. „Pflaster, Q-Tipps, Ringe, Shampoo, Taschentücher …“

Martin wuchtet seinen Schalenkoffer schon mal aus dem Schlafzimmer in den Flur. „Flaschenöffner, Korkenzieher“, ruft er schwer atmend durch die Badezimmertür, „Thermoskanne, Tupperdosen, Taschenmesser?“

„Du denkst auch nur ans Essen!“ Mechthilds Kopfschütteln kann er quasi hören. Sie listet halblaut weiter auf: „UV-Sonnenmilch, Verbandszeug, Wundsalbe. Dann kommt X, Ypsilon, Zett. Zett wie … ach ja … Zahnbürste, Zahnseide, Zeckenzange und Zahnpasta. Basta.“

Die Tür wird aufgestoßen. „Das wär’s! Ich bin so weit! Jetzt geht’s los!“

Ein Fanal, ein Verbalstart, ohne Zweifel. Siegessicher packt sie ihren Kulturbeutel in den Koffer, drückt den Deckel auf die Verschlüsse und strahlt. „Bitte sehr.“

Martin hebt das schwarze Monstrum an und kommt, wahrscheinlich gerade deshalb, auf gewichtige Gedanken: „Wirklich von Gewicht“, schnauft er, „sind eigentlich nur Reisepass und Ticket.“

„Und die Hotelreservierung“, ergänzt seine Frau. Ein letztes Mal geht sie prüfend durch die Wohnung. Fenster zu, Kaffeemaschine aus, Komposteimer leer?

„Letztes Mal …“, fängt sie an, während Martin in seinen Jackentaschen die drei erwähnten Dokumente sucht, „... letztes Mal hattest du alle Tickets, Hotel- und Mietwagenreservierungen im Handy gespeichert, aber der Akku war leer und das Ladekabel lag zu Hause, weißt du noch?"

„Ja, und dein Ladekabel hatte keinen Steckdosenadapter", kontert Martin. „Mein Adapter hätte sowieso nicht in diese komischen Dreifachschlitze der Steckdosen da unten gepasst."

Das ist richtig, muss Martin in Gedanken zugeben. Trotzdem war's blöd, dass er sich damals in fernen Landen tagelang nicht rasieren konnte.

Die beiden treten vor die Haustür, schließen sie hinter sich ab und atmen tief durch. Abreise, Urlaub. Weg hier! „Beim letzten Mal ..." – Mechthild stützt sich auf ihren hüfthohen Rollkoffer und ist plötzlich seltsam nachdenklich –, „also beim Aufbruch zur letzten Reise, meine ich, müsste man genau das Gegenteil überlegen."

„Was müsste man überlegen?" Martin schaut irritiert auf die Uhr. In fünf Minuten müsste das Taxi da sein, überlegt er. „Man müsste überlegen, was man alles nicht braucht. Wie vieles man leichtherzig zurücklassen kann, falls man überraschend schnell weg muss. Aus dem Leben, meine ich."

„Ach so, beim Sterben, meinst du? Wie kommst du denn jetzt da drauf?!"

Der beruhigende Anblick eines pünktlich ankommenden Taxis unterbricht sein Befremden. Mechthild steigt hinten ein. Der Fahrer, ein freundlicher Orientale, hievt eilfertig beidhändig die zwei schweren Koffer in den Laderaum. Martin nimmt auf dem Beifahrersitz Platz. „Jetzt geht es los!“, verkündet er feierlich.

Der Fahrer dachte sich schon so was Ähnliches.

Martins Aufbruchsstimmung, seine kumpelhafte Plauderlaune lässt sich von Mechthilds plötzlichen Gedanken an den letzten Abgang, ans Sterben und Loslassen, nicht trüben: „Unser deutsches Sprichwort ‚Das letzte Hemd hat keine Taschen‘ heißt doch bei euch Arabern ‚Im Grab gibt's keine Regale‘, stimmt's?“

Der Mann am Steuer guckt etwas irritiert. Er ist gar kein Araber, nickt aber vorsichtshalber.

„Beim definitiv letzten Aufbruch deines Lebens …“, ächzend schnallt sich Martin an, „… kannst du nichts mitnehmen. Du brauchst nichts. Außer einem Ticket, würde ich mal sagen. Bloß: Wo bucht man das? Das Himmelsticket, verstehen Sie?“ Martin holt Luft zum nächsten Satz seiner Missionspredigt, wird aber unterbrochen:

„Zum Bahnhof, bitte“, ruft Mechthild von der Rückbank. Martin beugt sich vor: „Und niemand kann einem sagen, wann es losgeht oder wie schnell man weg muss. Kein Arzt, keine Statistik, niemand. Irre, oder?“

„Haben Sie denn Ihre Tickets?“, fragt der Taxifahrer.

KATRIN FALUDI

Der Aufbrecher

„Ich glaub, jetzt geht's los!" Kriminalhauptkommissar Olaf Greif schlägt mit der Faust auf den Tisch. „Schon wieder?!"

„Ja, schon wieder." Mit Schwung lässt Kollege Spicker von der Spurensicherung die Lichtbildmappe auf den Tisch klatschen. „Wir haben alles genau dokumentiert."

Seufzend nimmt Greif die Mappe und blättert die Bilder durch.

„Es ist alles genauso wie bei den Fällen zuvor", kommentiert Spicker, während er Greif über die Schulter sieht. „Keinerlei Aufbruchspuren – was den Gebrauch eines Dietrichs nahelegt. Im Flur wieder eine lange Linie aus weißem Pulver, die geradewegs ins Wohnzimmer führt ..."

„Haben Sie das Pulver analysiert?", fragt Greif.

„Selbstverständlich. Ich habe es persönlich probiert."

„Puderzucker?"

„Puderzucker."

„Und im Wohnzimmer ..." Greif blättert eine Seite weiter und seufzt. „... da haben wir's ja: ein Pappteller mit einem Osterlamm ..."

„... selbst gebacken ...", ergänzt Spicker.

„... mit Puderzucker bestäubt." Greif knallt den Deckel der Lichtbildmappe zu und pfeffert sie auf den

Ablagestapel zu den anderen. Er stützt das Gesicht in beide Hände. „Wer macht so etwas, Spicker? Wer bricht fremde Wohnungstüren auf, legt eine Spur aus Puderzucker und stellt den Leuten dann ein selbst gebackenes Osterlamm auf den Tisch? Das ist doch absurd! Der wievielte Fall war das jetzt?"

„Der siebte."

Greif stöhnt. „Und die Bewohner sind sich sicher, dass nichts fehlt?"

„Es wurde nichts entwendet. Bei einer Familie lag Bargeld auf dem Küchentisch. Die Frau schwört, dass der Einbrecher sogar noch einen Schein obendrauf gelegt hat."

Greif lacht ungläubig. „Die werden auch immer bekloppter. Lag heute wieder eine Karte bei?"

„Natürlich." Spieker greift in seine Sakkotasche und zieht einen kleinen Plastikbeutel hervor, durch den eine Postkarte hindurchscheint.

Greif nimmt den Beutel und betrachtet das Motiv. „Aha", schnaubt er triumphierend, wuchtet seine zweieinhalb Zentner vom Bürostuhl hoch, schlurft im Eiltempo zur Pinnwand und spießt den Beutel mit der Karte neben die vorherigen sechs, sodass die Textseite zu sehen ist. Ein Computerausdruck, säuberlich ausgeschnitten und auf die Karte geklebt.

Spicker tritt hinzu, studiert die Asservate und schüttelt nachdenklich den Kopf. „Rätselhaft. Höchst rätselhaft."

„Nun, ich habe eine Theorie." Greif streicht sich über den Schnurrbart, während er die Botschaften auf den Karten vergleicht.

„Erleuchten Sie mich."

„Ich glaube, bei diesen Botschaften handelt es sich um Bibelverse."

„Was thematisch nicht allzu weit vom Osterlamm entfernt liegt."

Enttäuscht stellt Greif fest, dass Spicker die Erkenntnis mit den Bibelversen längst nicht so überraschend zu finden scheint wie er selbst. Rasch fügt er hinzu:

„Was mich wundert, ist diese merkwürdige Zusammenstellung der Verse. Vielleicht fällt Ihnen ja ein Zusammenhang auf, Spicker."

Greif räuspert sich und liest Vers für Vers von jeder der sieben Karten vor:

„Brich in Jubel aus, Tochter Zion, jauchze, Israel!

Auf der Erde wuchs Gras sowie Pflanzen und Bäume, die Samen trugen. Und Gott sah, dass es gut war.

Zu jener Zeit ordnete der römische Kaiser Augustus an, dass alle Bewohner des Römischen Reiches behördlich erfasst werden sollten.

Einem Fremden aber folgen sie nicht, sondern laufen vor ihm weg, weil sie seine Stimme nicht kennen.

Leben und Gnade hast du mir geschenkt und deine Fürsorge hat mich bisher bewahrt.

Mit dir kann ich ganze Armeen zerschlagen, mit dir überwinde ich jede Mauer.

Jesus sagte zu ihm: ‚Ich bin der Weg, die Wahrheit und das Leben. Niemand kommt zum Vater außer durch mich.'"

Spicker zieht die Augenbrauen hoch. „Vielleicht ist unser puderzuckerstreuender Einbrecher einfach nur ein religiöser Wirrkopf."

„Vielleicht“, räumt Greif ein. „Aber da wir hier sieben Karten haben und sieben ja auch irgendwie eine symbolische Zahl ist, gehe ich mal davon aus, dass wir in den kommenden Tagen von keinen weiteren Einbrüchen mehr hören werden. Außerdem ist ja kein wirklicher Schaden entstanden.“

„Und die Osterlämmer sollen ganz ausgezeichnet geschmeckt haben“, murmelt Spicker.

Greif fährt zu ihm herum. „Sie haben doch nicht etwa …“

„Nun, eins der Lämmer stand im Dienstgruppenraum auf dem Tisch und die Kollegen dachten …“

„Sie haben ein Asservat aufgefuttert?“ Stöhnend schlägt sich Greif vor den Kopf.

„Wir haben ja noch die übrigen sechs“, tröstet Spicker ihn.

„Auch wieder wahr. Nun denn, wir kommen hier wohl nicht weiter. Und es ist auch schon fünf Uhr. Wir wollen ja vorbildliche Beamte sein und pünktlich Feierabend machen.“

Spicker grinst und verabschiedet sich.

Auf dem Heimweg hat Greif rote Welle. Eigentlich wollte er darüber nachdenken, was er sich für den Abend zum Essen bestellen sollte. Doch diese merkwürdigen Bibelverse wollen ihm nicht aus dem Kopf gehen. Vielleicht hätte er die einzelnen Karten nicht abfotografieren sollen. Dann hätte er einen guten Grund gehabt, seine Gedanken nach Feierabend mit nichts anderem zu beschäftigen als einer Pizza Diabolo, einer Flasche Bier und der Bundesliga. Mit einem Kriminellen, der Wohnungstüren aufbricht, um Gebäck, Bibelverse und sogar Bargeld zu hinterlassen, hat er es in seinen nunmehr dreißig Dienstjahren noch nie zu tun gehabt.

Zu Hause angekommen, leert Greif den Briefkasten, drückt auf den Aufzugsknopf, wartet, sieht, dass der Aufzug irgendwo in den oberen Etagen unterwegs ist, und entscheidet sich für die Treppe. Kurz bevor er seine Etage erreicht, hört er die Schritte eines Entgegenkommenden. Aus alter Gewohnheit drängt er sich rechts ans Treppengeländer und das ist auch nötig, denn der Mann, der ihm entgegenkommt, füllt allein mit seiner Körpergröße einen Großteil des Treppenhauses aus. Sein roter Bürstenschnitt streift beinahe die Decke.

„Guten Abend, Herr Greif."

„Herr Fuchs." Greif nickt seinem Nachbarn zu, dann hält er irritiert inne. „Hier ist die fünfte Etage. Wohnen Sie nicht unten?"

Herr Fuchs lächelt breit. „Ich habe eine Sendung für einen Nachbarn entgegengenommen und abgeliefert. Anscheinend habe ich nie Feierabend."

Greif mustert die Uniform des Paketboten, der in seiner Freizeit Pakete für die Hausgemeinschaft entgegennimmt. Als sein Blick die dunkelblaue Hose streift, stutzt er.

„Was haben Sie denn da?"

„Was, wo?" Herr Fuchs blickt an sich herab, klopft sich dann hastig etwas weißen Staub von der Hose und lacht verlegen. „Oh! Das war sicher nicht das, was Sie vielleicht denken, Herr Greif. Sie sind ja von der Polizei, nicht wahr?"

„Sie sehen mir nicht aus wie einer, der kokst", erwidert Greif trocken.

„Ich habe auch nicht vor, damit anzufangen", versichert Herr Fuchs. „Einen schönen Abend noch!"

Anfangen! Das Wort fährt wie ein elektrischer Schlag in Greifs Gedanken. Der Anfang, das ist es! Das ist es, was er beim Studieren der Bibelverse auf den Postkarten übersehen hat!

Noch vor der Wohnungstür zerrt Greif sein Handy aus der Tasche und geht Bild für Bild die Bibelverse durch. Es sind die ersten Worte der Bibelverse. Schreibt man sie hintereinander, ergeben sie einen Satz. Er lautet:

Brich Auf Zu Einem Leben Mit Jesus.

„Das ist die Lösung!", jubelt Greif laut und erschrickt im selben Augenblick über das Echo. Schnell schließt er seine Wohnung auf, streift die Schuhe ab und lässt die Tür hinter sich ins Schloss fallen.

Er beschließt, sich auf seinen Geistesblitz erst einmal ein Bier zu gönnen. Als er nach seinen Pantoffeln sucht, stutzt er plötzlich. Was ist das dort auf dem Fußboden? Eine Linie aus weißem Staub ... sein Herz setzt einen Schlag aus. Er ist hier gewesen! Greif fällt auf die Knie, was diese gar nicht begrüßen, schnuppert am Teppichboden, streckt einen Finger aus und stippt etwas von dem Pulver auf. Vorsichtig gibt er etwas davon auf seine Zungenspitze.

„Puderzucker!", dröhnt er, springt, so schnell es ihm seine Leibesfülle erlaubt, zurück auf die Füße und rast in die Küche. Auf dem Tisch steht ein Pappteller. Auf dem Pappteller liegt eine grüne Serviette. Auf der grünen Serviette prangt ein mit Puderzucker bestäubtes Osterlamm und duftet so herrlich, dass Greif trotz allem das Wasser im Mund zusammenläuft.

Neben dem Lamm auf dem Pappteller liegt eine Postkarte. Das Motiv interessiert Greif nicht. Er dreht die Karte um und liest:

Greif doch endlich ein und nimm dich meiner an, mein Gott und Herr.

SUSANNE OSPELKAUS

Die Zwangzahl

„Jetzt geht's los!", rufe ich und ziehe den Schlüssel aus dem Schloss. Dabei ist bei mir jetzt niemals jetzt, sondern später. Meine Freunde wissen das. Sie bringen Geduld mit, wenn wir uns treffen. Sie planen einen Zeitpuffer ein, wenn wir zu einem Ausflug aufbrechen – so wie heute. Ich stecke den Schlüssel ein und sehe ihren Gesichtern an, dass sie mitgezählt haben. Sabine bewegt ihre Lippen. Ute wippt mit dem Kopf. Sie haben bis acht gezählt. Acht ist meine Zahl. Meine Zwangzahl. Alles muss ich achtmal machen. Achtmal die Klinke drücken. Achtmal den Schlüssel drehen. Achtmal die Schuhsohlen über den Abtreter streifen.

„So, jetzt geht's los!", rufe ich.

„Fein, Gunter. Schön, dich zu sehen." Sabine nimmt mich in den Arm. Ute deutet zwei Küsse auf meine Wange an. In Gedanken füge ich sechs weitere Küsse hinzu.

Die Frauen haken sich bei mir ein und zu dritt marschieren wir zum Parkplatz. Ich war immer sehr glücklich mit unserer Dreierfreundschaft. Sie ist unkompliziert und hat die Zeit überdauert. Nun sind wir im Ruhestand, zumindest Sabine und Ute. Ich habe ja meinen Zwang, der mich auch als Rentner durch meinen Alltag peitscht.

„Frank wartet schon", sagt Sabine. Ich spüre, wie sie

mich zieht und schiebt. Natürlich wartet er. Immer wartet jemand auf mich, denn ich muss alles zählen.

„Hey, da ist ja unser Graf Zahl!" Frank boxt mir auf den Oberarm. Die anderen lachen. Ich finde das nicht komisch. Am liebsten würde ich schmollen, doch das erscheint mir als Ü60-er unangemessen. Frank ist Sabines neue Liebe. Ich mag ihn nicht. Er ist zu laut, fasst einen ständig an – Schulterklopfen, Knuffen, Rempeln, als wären wir alte Kumpels.

Ich will auf dem Rücksitz Platz nehmen, doch Frank ruft: „Graf Zahl, komm nach vorn. Du kannst die richtige Hausnummer suchen. Nummern sind doch dein Ding." Und dann lacht er wieder – laut, vereinnahmend, aufdringlich.

Ich will nicht, aber Sabine drückt sich an mir vorbei und setzt sich mit Ute auf die Rückbank direkt hinter Frank. Sie beginnt, ihm den Nacken zu massieren. Ich gehe um den Wagen, fasse den Türgriff und öffne und schließe die Wagentür achtmal. Endlich sitze ich und erwarte einen blöden Kommentar von Frank. Doch er lächelt mich an, weder aufdringlich noch vereinnahmend, geradezu freundlich.

„Galerie Glückspfennig, Sonnenstraße 220", befiehlt Frank per Spracheingabe seinem Navigationsgerät. „Gunter, bitte schau mit. Ich kann mich so schlecht im Stadtverkehr orientieren."

Ich nicke und schaue aus dem Beifahrerfenster. Galerie Glückspfennig war immer das Ausflugsziel von Ute, Sabine und mir. Moderne Kunst und extravaganter Kaffee. Stille, Staunen und Genuss. Mit Frank ist es mir dort zu laut. Zu allem muss er seinen Senf dazugeben. Zugegeben, das, was er entdeckt, ist interessant ... trotzdem nervt es!

Das Navi führt uns durch den dichten Stadtverkehr. Ute reicht uns ein Pfefferminzbonbon. Ich lasse es achtmal durch meine Finger wandern und friemle dann das Papier ab. Frank hat sein Bonbon schon längst zerkaut.

„Wie ist das so mit den Zahlen?", fragt er mich. „Magst du Zahlen?"

„Nein, ich hasse sie."

„Echt?"

„Was soll denn daran gut sein, wenn ich alles zählen muss." Wie kann er nur so doof fragen? Ich schaue aus dem Fenster. Sonnenstraße 12 lese ich. Als ich 12 Jahre alt war, begann die Tortur. Ich verspürte den Drang, alles achtmal zu machen oder in acht Teile zu zerlegen wie mein Mittagessen oder die Legosteine. Eines Tages begann ich mir über die Lippen zu lecken. Achtmal. Wieder und wieder. Bis die Haut wund und gerötet war. Ich sah aus wie ein Clown. Die Kinder lachten mich aus. Ich war der Verrückte, der alles zählt, aber eine Niete in Mathe war.

Frank schleicht durch den Stadtverkehr. Offenbar kann er sich wirklich schwer orientieren. Sonnenstraße 32. Mit 32 Jahren heiratete ich Petra. In ihrer Verliebtheit konnte sie meine Zwänge ignorieren. Es war eine tiefe Liebe, doch der Zwang hängte sich an uns wie eine eifersüchtige Geliebte. Irgendwann hielt es Petra nicht mehr aus. Wir ließen uns scheiden.

Die Sonnenstraße ist lang und die Hausnummern ziehen an mir vorbei. Zum Glück habe ich die geraden Zahlen. 46, 52, 68. Wie Jahreszahlen stehen sie da, mal groß, fett und beleuchtet und andere schief, verrostet oder hinter Blattwerk versteckt – so wie ich. Ich verstecke mich hinter Ausreden und in der Einsamkeit. Würden mich Ute und Sabine nicht abholen, würde ich in meiner Wohnung versauern.

74, 88, 92. Ob ich so alt werde? Ob ich so alt werden möchte?

Sonnenstraße 220 – wir sind da.

In der Galerie Glückspfennig sind abstrakte Gemälde ausgestellt. Ich habe das Gefühl, dass mich die Farben verschlucken. Ich verschwinde in einem Wald aus Grün, tauche in einem blauen Meer, wandere durch ewiges Eis.

„Guck mal“, ruft Frank. „Das ist ein Bild für dich.“

Ich stelle mich vor das triefend gelbe Gemälde. Was meint er?

„Guck doch mal“, sagt er wie ein Kleinkind, das etwas entdeckt hat. „Eine Acht.“

Will er mich verscheißern? Ich bin für jeden Moment dankbar, an dem ich nicht an Zahlen denken muss.

„Eine liegende Acht“, behauptet Frank. Die gelbe Farbe zieht mich in den Bann. Sie flutet mich. Ich nehme den Moment wahr. Ich atme und spüre. Meine Finger nesteln in meiner Hosentasche. Ich konzentriere mich auf das Bild und zugleich lässt die Dringlichkeit nach zu zählen.

„Schön, nicht wahr?“ Frank steht immer noch neben mir.

„Nenn mich nicht Graf Zahl. Ich bin keine Handpuppe, wobei ich mich oft so fühle. Fremdgesteuert. Zwangsgesteuert.“

Frank räuspert sich. Ich fühle sein Unbehagen, dabei ist er einer der wenigen, der nicht verstummte, als er von meinem Zählzwang erfuhr.

Ich atme durch und blicke auf das Gemälde. Eine liegende Acht? Ich flüstere: „Was bedeutet sie?"

Frank holt Luft und dehnt die Silben: „Un-end-lichkeit."

„Oder Ewigkeit?", überlege ich. Ich tauche in das Gelb. Atme und spüre. Mein Körper zwingt mir den Gedanken an die Ewigkeit auf. Ob das etwas Gutes sein könnte?

Es gibt doch immer mehr, als ich sehe und verstehe. Ewigkeit in meinen Gedanken und ein bisschen auch in meinem Herzen. Ich atme und spüre und der Zwang schweigt.

Drei Wochen sind seit unserem Galeriebesuch vergangen. Es ist alles wie immer und doch hat sich etwas verändert. Die Zahlen habe ich gegen Silben eingetauscht. Ich zähle nicht mehr bis acht, sondern sage: „Und weiter bis zur E-wig-keit." Dadurch geht nichts schneller in meinem Alltag, doch ich fühle mich nicht mehr so getrieben. Ich habe meinen Zwang ausgetrickst, denn immer, wenn er mich drängt zu zählen, muss ich an die Ewigkeit denken und irgendwie tröstet mich das.

„Jetzt geht's los." Ich drehe den Schlüssel im Schloss hin und her und flüstere acht Silben. Meine Freunde stehen geduldig am Gartentor. Als Frank mir bei der Begrüßung achtmal auf meinen Rücken klopft, tut es gut.

„Du hast keine Zahlen gesagt", stellt Frank fest.

„Nein. Das waren Silben."

„Was?"

„Gelbe Ewigkeit."

Ich sehe Frank an, dass er mich nicht versteht. Er zuckt mit den Schultern und meint: „Gut, dann geht's jetzt los."

GERTRAUD SCHÖPFLIN

Der Sprung

Jetzt geht es los … Ich greife nach den kalten Eisenstangen der Leiter und ziehe mich auf die erste Sprosse. Mein Blick wandert in die Höhe und ich atme tief durch – zehn Meter liegen vor mir bis zur Spitze des Sprungturms. Neben mir im Schwimmbecken des Freibads platscht es. Kinderjohlen und Geschrei.

Ich drehe mich noch einmal um und sehe in die erwartungsvollen Augen meines Fünfjährigen. Meine Freundin neben ihm lächelt mir aufmunternd zu.

„Soll ich dir zeigen, wie ich da hinunterspringe?", hatte ich ihn vor ein paar Minuten gefragt.

Stumm hatte der Kleine genickt, die braunen Augen ehrfürchtig auf den Zehnmeterturm gerichtet. Ich will ihm beweisen, was für eine tolle Mutter ich bin. Oder will ich mir selbst imponieren? Kein Wort verliere ich darüber, dass ich so einen Sprung zum ersten Mal wage …

Das Einmeterbrett empfängt mich wie ein alter Bekannter, doch ich lasse ihn links liegen und steige weiter. Drei Meter – auch die sind mir als passionierte Schwimmerin vertraut. Die meisten Kinder vor und hinter mir biegen ab auf dieses Brett. Sie stürzen sich als Kerzen, Wasserbomben oder mit einem Kopfsprung ins kühle Nass.

Ich fühle mich zu Höherem berufen. Noch einmal drehe ich mich um nach meinem Sohn – er hat es sich inzwischen mit meiner Freundin auf einer Bank bequem gemacht und verfolgt mit offenem Mund meine selbst gewählte Mutprobe.

Mit jeder Sprosse mehr, die ich über die drei Meter hinaussteige, klammere ich mich fester an die Leiter. In meiner Magengrube grummelt es. Nun besser nicht mehr umdrehen! Ich ignoriere mein pochendes Herz. Schließlich habe ich ein Ziel – und ich erreiche es mit weichen Knien.

Zehn Meter sind dort oben höher, als ich gedacht hatte. Ich wage auf der fest gemauerten Absprungrampe einen Rundumblick. Mein Sohn ist zu einem kleinen Flecken zusammengeschmolzen – genauso wie mein Mut. Das Becken unter mir glitzert in der Sommersonne, doch es ist weit entfernt. Sehr weit. Es ist zusammengeschrumpft auf ein kleines blaues Viereck.

Unnachgiebig meldet sich mein gesunder Menschenverstand: Nie im Leben springe ich da hinunter – Fanklub hin oder her! Ich winke den ersten Jugendlichen an mir vorbei, der hinter mir auf die Plattform gestiegen ist, dann den nächsten ... Sie freuen sich und springen sofort. Ein Bademeister lümmelt als Wächter hier oben arbeitslos mit verschränkten Armen an der Mauer und beobachtet das Treiben.

Unauffällig schiebe ich mich zurück in Richtung der Leiter. Doch die ist so steil, dass ich nicht wage, auch nur den Fuß darauf zu setzen! Panik steigt in mir auf. Ich bin in luftiger Höhe gefangen! Ich traue mich nicht ins Wasser zu springen, aber ich fürchte mich noch mehr vor dem Abstieg über das Eisengestell, über das zudem beständig neue junge Leute oben eintreffen.

Verzweifelt wandert mein Blick von der Leiter zur Sprungrampe und wieder zurück, während ich erneut die Jugend an mir vorbeiwinke. Die Furcht lähmt mich. In was für eine Lage habe ich mich da nur gebracht?

„Haben Sie Angst zu springen?“ Der junge Bademeister tritt auf mich zu.

Ich nicke. Es ist mir peinlich.

„Ich gebe Ihnen einen Tipp: Schauen Sie nicht nach unten, sondern schauen Sie an den Horizont. Dann geht es!“ Er lacht mir zu, so als hätte er schon so manchem Angsthasen hinuntergeholfen.

Mein Blick schweift in den blauen Himmel und über die grünen Hügel, die das Waldfreibad umgeben. Ich studiere die Wipfel, die Kirchturmspitze mit dem Kreuz und die roten Dächer. Ich atme die Weite des Horizonts. Langsam löst sich der lähmende Griff der Beklommenheit und ich sehe den Ausweg aus der Klemme: Er liegt im Schritt nach vorne, im Wagnis und im Blick nach oben.

Als der Strom der Springenden für einen Moment nachlässt, trete ich vor an die Rampe. Ich hebe meine Augen und atme tief durch – in die lähmende Tiefe sehe ich nicht mehr. Ich weiß, das Wasser ist da. Ich konzentriere mich allein auf den blauen Horizont. Und dann …

Ich springe. Stocksteif. Mit angelegten Armen. Die Augen zu.

Für ein paar Sekunden streift mich die Ahnung, wie es ist, mit dem Leben abzuschließen.

Aber: Ich überlebe. Das Wasser umfängt mich, birgt mich in der Tiefe und treibt mich wieder aufwärts.

Mein Herz klopft noch immer, als ich wie eine Olympiasiegerin aus dem Becken klettere. Mein Sohn ist aufgesprungen und läuft winkend auf mich zu. Ich fasse seine kleine Hand. Er ahnt nichts von dem Kampf, den ich eben gewonnen habe.

Und von der Lektion, die ich gelernt habe. Ich finde sie wieder in einem Bibelwort – Psalm 121, Vers 1 und 2: „Ich richte meinen Blick empor zu den Bergen – woher wird Hilfe für mich kommen? Meine Hilfe kommt vom HERRN, der Himmel und Erde geschaffen hat" (NGÜ).

„Schauen Sie an den Horizont", hatte der Bademeister gesagt, „dann geht es!"

Es ist doch erstaunlich, zu welch tiefgründigen Einsichten einem ein Bademeister verhelfen kann!

Ich bin übrigens nie mehr vom Zehnmeterbrett gesprungen.

Einmal ist genug im Leben.

Aber mein Sohn ist später begeistert viele Male vom Zehnmeterturm gehopst, während ich unten auf der Bank saß und bewundernd zu ihm aufblickte – mit einem leisen Lächeln auf den Lippen.

CHRISTOPH ZEHENDNER

Endlich frei

„Jetzt geht's aber los. Der hat sie doch nicht mehr alle. Der kann mich mal." Paul schimpft vor sich hin, hörbar angefressen. Außer ihm ist an diesem Morgen noch niemand unterwegs hier im Park. Unruhig läuft Paul zwischen den hohen Büschen hin und her wie ein Tiger im zu engen Käfig. Unaufhörlich zetert er vor sich hin.

„Was behauptet der? Ich hätte mich nicht mehr im Griff. Ich hätte die Kontrolle verloren. Ich wäre abhängig ..."

Mit einem Mal beendet er seinen Redeschwall, stoppt auch seine unsteten Schritte. Hält an. Atmet durch. Das letzte Wort, das er ohne groß nachzudenken ausgesprochen hat, scheint ihn regelrecht zu elektrisieren. Er wiederholt es. Langsam. Nachdenklich. Betroffen: „Abhängig." Dann Stille. Als lausche er dem Klang des Wortes nach.

Paul lässt sich auf eine verwitterte Bank unter einer großen Buche fallen. Schockiert sieht er aus, als habe er gerade eine Hiobsbotschaft von einem Menschen erhalten, der ihm viel bedeutet. Seine Hand wandert immer mal wieder Richtung Hosentasche. Doch jedes Mal, wenn ihm das bewusst wird, erschrickt er. Nervös zieht er die Hand zurück.

Paul schließt die Augen einige Atemzüge lang. Dann öffnet er sie wieder. Und endlich nimmt er wahr, was um ihn herum vorgeht.

Er sieht die tausend verschiedenen Grüntöne um sich herum. Von Hellgrün über Sattgrün bis fast Schwarzgrün. Bemerkt Pflanzen aller Arten, die jetzt im Frühling geradezu aus dem Boden schießen. Freut sich an Bäumen, Büschen, Blumen. Ein leiser Windhauch bewegt das Blattwerk über ihm. So gelangen die Sonnenstrahlen immer ein wenig anders gefiltert zum Boden.

Frühling. Paul liebt diese Jahreszeit, seit er als kleiner Junge mit seinem Opa regelmäßig zum Wandern losziehen durfte. Im Rucksack des Großvaters ausreichend Proviant, dazu ein Fernglas und ein Bestimmungsbuch. Welcher Vogel da gerade über dem Feld nach einer Maus Ausschau hält. Welche Kletterpflanze sich dort auf den Weg in die Baumwipfel macht. Welche gelbe Blüte am Wegrand für Farbtupfer sorgt. Der Großvater konnte all diese Entdeckungen benennen. Oder eben nachschlagen.

Paul seufzt. Müsste man eigentlich mal wieder machen. Losziehen. Spazieren gehen. Wandern so wie damals. Zur Not alleine. Aber vielleicht ja auch mit den aufgeweckten Nachbarskindern. Die winken immer so fröhlich, wenn er nach der Arbeit nach Hause kommt. Einen Fußball haben sie ihm auch schon zugekickt, ihn zum Mitspielen eingeladen. Aber Paul hat immer abgewunken. So getan, als hätte er keine Zeit. Hatte er ja auch nicht. Er musste ja schnell hoch in die Wohnung, eben noch was checken …

Bin ich tatsächlich abhängig? Die Frage dröhnt in seinem Kopf. Sein Freund Jochen hat sie gestern am Telefon behutsam angedeutet. Sie rührt eine dunkle Stelle in seinem Inneren an, die er sonst tunlichst vermeidet. Von einem Begriff zum nächsten springen seine Gedanken: Abhängig sein. Fixiert. Gebunden. Unfrei. Süchtig. Versklavt.

Paul schüttelt den Kopf. Fängt wieder an zu schimpfen. „Was bildet der Jochen sich nur ein? Warum wirft er das ausgerechnet mir vor? Er kommt doch auch nicht ohne aus …"

Ein Kuckuck unterbricht das wirre Gebrabbel. So deutlich vernehmbar, als säße der Vogel direkt über seinem Kopf. Instinktiv wendet Paul den Blick nach oben. Konzentriert scannt er mit den Augen die Wipfel. Wenn ich jetzt Großvaters Fernglas zur Hand hätte, könnte ich einen Blick auf den Kukuck erhaschen, überlegt er. Nach einigen vergeblichen Minuten gibt er sich geschlagen. Die Kunst der Vogelbeobachtung hat er verlernt.

Aber etwas entdeckt er doch bei der Suche: Eine Botschaft ist in den Baum neben ihm geschnitten worden, vor langer Zeit schon. Paul steht auf, tritt näher heran. Entdeckt ein Herz, ziemlich verwachsen, aber gerade noch erkennbar. Eine Jahreszahl. Und ein paar Buchstaben. Stockend entziffert er sie: „AJ liebt PG".

Paul erschrickt. Anne Jellineck hieß seine erste große Liebe. Ihre Handynummer hat er bis heute nicht gelöscht. Per Instagram sieht er von Zeit zu Zeit nach ihr. Dabei ist das alles schon eine Ewigkeit her. AJ liebt PG Er selbst kürzt sich bis heute mit PG ab, Paul Greiner. So ein Zufall.

Mit Anne war er damals nie hier im Wald, das weiß er ganz sicher. Ein anderes Paar mit den gleichen Initialen hat sich hier verewigt. Diese Spuren erinnern ihn daran, dass es in Sachen „Beziehungen“ schon lange ziemlich mau aussieht bei ihm. Er kann sich einfach nicht einlassen auf andere Menschen. Im Job lernt er viele Frauen kennen. Manche interessieren ihn. Manche interessieren sich für ihn. Bisher aber hat er alle auf Distanz gehalten. Ein paar kurze Romanzen. Viele oberflächliche Kontakte. Binden aber kann er sich nicht, will er sich nicht. Oder vielleicht doch?

Ein Grünspecht schießt über ihm durch die Luft. Vermutlich auf der Suche nach dem passenden Baum. Paul weiß: Jetzt ist die Zeit, Nester zu bauen, Familie zu gründen, sesshaft zu werden. Jedenfalls für viele Vögel.

Auch darauf hat Jochen ihn gestern am Telefon angesprochen: dass Paul nicht mehr offen ist für andere Menschen, geschweige denn für eine Beziehung. Dass er sich innerlich verschlossen hat. Dass er in seiner freien Zeit eigentlich nur noch ein Interesse hat ...

Richtig wütend hat ihn das gemacht. Obwohl Jochen ihn tatsächlich besser kennt als sonst irgendein Mensch. Dass Jochen ein echter Freund ist, der ihm nicht übelwill. Und dass seine Worte ihn wohl nur deswegen so aufwühlen, weil Jochen einen Volltreffer gelandet hat: „Du bist nicht mehr frei, lieber Paul“, hatte er tatsächlich gesagt. „Erinnerst du dich an die Predigt, die wir letztes Jahr gemeinsam gehört haben? Da ging's um die Freiheit, die Gott seinen Geschöpfen schenken will. Die Freiheit, sich ganz auf ihn einzulassen und dann frei und unabhängig von allen möglichen anderen Dingen zu sein. Frei auch, anderen Menschen zu begegnen. Paul, bitte setz diese Freiheit nicht auf Spiel. Ich mach mir Sorgen um dich. Könnte es sein, dass du abhängig bist?"

Voller Wut hat Paul seinen besten Freund weggedrückt. Kein Wort mehr wollte er hören. Doch jetzt, ein paar Stunden später, sitzt er auf dieser Bank. Zittert, weil seine Hand immer noch instinktiv den Weg zur Hosentasche sucht. Fühlt sich durchschaut. Auf frischer Tat ertappt.

Der Kuckuck meldet sich wieder, diesmal ein paar Hundert Meter weit entfernt. Paul lächelt. Erinnert sich an den versteckten Weiher mitten im hinteren Teil des Parks, den sein Opa ihm vor Jahrzehnten gezeigt hat.

Dann springt er auf. Rennt los wie ein Zehnjähriger. Mit Schwung durchs Gebüsch über Stock und Stein. Schon nach wenigen Minuten steht er vor dem Gewässer. „Jetzt geht's los, endlich Freiheit!", lacht Paul. Dann greift er ganz langsam in seine Gesäßtasche. Zieht das nagelneue iPhone heraus.

Und schleudert es mit einem lauten Urschrei in die Mitte des Weihers (vgl. Matthäus 18,9a).

FABIAN VOGT

Sterne, die wie Regen vom Himmel fallen

„Jetzt geht's los!", rief Michaela und hielt begeistert den Picknickkorb hoch. „Es ist 20 Uhr. Lyriden, wir kommen!"

Sie beugte sich vor und warf einen neugierigen Blick aus dem Fenster. „Also: Wenn wir oben auf dem Gipfel des Feldbergs ankommen, müsste es gerade so richtig dunkel sein. – Was denkst du, soll ich lieber die Fleecejacke aus Irland mitnehmen? Es könnte nachts um die Jahreszeit ziemlich frisch werden."

Jens starrte konzentriert auf den Bildschirm seines MacBooks. Er murmelte: „Ja, aber am Anfang sieht man ohnehin noch nicht so viel. Je dunkler, desto besser. Also: Nur keine Hektik."

Michaela stellte den Picknickkorb zurück auf den Boden. Etwas heftiger, als sie beabsichtigt hatte.

„Och komm! Jens, du weißt, dass ich noch nie eine Sternschnuppe gesehen habe. In meinem ganzen Leben nicht. Und heute ist der 22. April, der Höhepunkt der Lyriden. Da fallen angeblich pro Stunde bis zu 18 Sternschnuppen ... manchmal sogar noch viel mehr ... weißt du, wie das aussehen soll? Das soll aussehen wie ..."

Er lachte laut: „... wie ‚Sterne, die wie Regen vom Himmel fallen'. Das hast du mir in den letzten Wochen bestimmt zwanzig Mal erzählt. Nur weil das irgendein oller Chinese vor Urzeiten über dieses Himmelsphänomen geschrieben hat, über ...", jetzt betonte er jedes Wort, „... den ... Meteorstrom ... im ... Sternbild ... der ... Lyra."

Michaela verzog das Gesicht. „Mach dich nur lustig! Ich freu mich halt. Außerdem habe ich mir das schon an Silvester vorgenommen ... weißt du noch, als jeder bei Einhorns auf der Party seine guten Vorsätze für das neue Jahr vorstellen sollte ... da wusste ich sofort, was ich dieses Frühjahr erleben will: Ich will endlich eine Sternschnuppe sehen. Eine, die so richtig majestätisch über das Firmament zieht."

Sie schnippte einmal freudig. „Und heute Nacht ist meine Chance: der Höhepunkt der Lyriden. Außerdem ..." Sie deutete nach draußen. „Der Himmel sieht fantastisch aus ... wolkenlos. Klare Luft. Bessere Voraussetzungen gibt es nicht. Das wird auf dem Feldberg ein Traum."

Jens streckte seine Hand aus und legte sie auf ihren Arm. „Und wir werden diese Superchance auch nutzen. Aber du weißt doch: Ich habe morgen Vormittag eine Präsentation und muss dafür dringend die PowerPoint fertig machen. Ich brauche dafür ... äh ... maximal zwanzig Minuten. Nur noch ein paar kleine Korrekturen hier und da. Und wie gesagt: Je dunkler es draußen ist, desto mehr werden wir nachher sehen."

Gegen 21.30 Uhr klappte Jens seinen Bildschirm mit einem Seufzer zu und schaute zu Michaela, die in der Zwischenzeit angefangen hatte, irgendeinen Hollywood-Schinken zu schauen. Eine Romanze über eine Frau, die nach dem Tod ihres Mannes erfährt, dass dieser einen eineiigen Zwillingsbruder hat und sich aufmacht, um den geheimnisvollen Fremden zu finden. Und natürlich verliebt sie sich Hals über Kopf in das Ebenbild ihres Liebsten. Nur ist der natürlich trotzdem ein anderer ... oder vielleicht nicht ...

„So", sagte er motivierend, „jetzt geht's los!"

Michaela hob kurz den Kopf. „Gleich! Ich will wissen, wie die Story ausgeht. Und was es mit diesem mysteriösen Zwillingsbruder auf sich hat. Erklär ich dir nachher." Sie warf einen Blick auf die Uhr. „Wir haben ja noch die ganze Nacht Zeit."

Um 22 Uhr sprang Michaela auf, reckte beide Arme in die Luft und rief: „Jetzt geht's los! Auf den Gipfel. Alle bereit?"

Da nahm Jens sie in den Arm: „Weißt du, dass du wunderschön aussiehst, wenn du so zielstrebig und ... so aufgeregt bist. Unglaublich attraktiv. Zum Anbeißen."

Er küsste sie leidenschaftlich. Sie wollte sich gerade wieder aus seiner Umarmung lösen, da flüsterte er: „Sag mal. Wenn doch diese Nacht unter einem ... äh ... besonderen Stern steht ... wollen wir da nicht einfach noch mal schnell zusammen ins Bett gehen? Ich habe gerade unglaublich Lust, dir nah zu sein."

Michaela atmete tief durch: „Och, Jens!" Sie sah ihm

in die Augen. „Ich hätte auch Lust, aber du weißt doch, wie das ist. Wenn wir erst mal ausgezogen sind – dann ziehen wir garantiert nicht mehr los. Wollen wir das Ganze nicht verschieben, bis wir zurück sind."

Jens fing an, sie zärtlich zu streicheln: „Dann sind wir viel zu müde. Und: Schatz, glaub mir, ich weiß, wie wichtig dir die Sternschnuppen sind. Ich verspreche dir: Nachher ziehen wir beide uns brav wieder an, schnappen uns den von dir so wunderbar vorbereiteten Picknickkorb, fahren zum Gipfel, legen uns rücklinks auf die Decke und genießen die ganze Nacht deine ‚Sterne, die wie Regen vom Himmel fallen'."

Da griff sie in seine Haare, zog seinen Kopf zu sich und fing an, sein Hemd aufzuknöpfen …

Um 22.30 Uhr stieß Michaela Jens energisch mit dem Ellenbogen an. „Hey, du bist eingeschlafen. Wir wollen doch los."

Jens schüttelte sich. „Oh, sorry, ich war schon weg. Anstrengender Tag." Er blinzelte: „Sag mal, dein Meteorstrom … der ist doch bis zum 30. April aktiv – soweit ich weiß. Wollen wir nicht morgen fahren? Dann habe ich diese Präsentation abgehakt … und bin viel entspannter." „Aber heute ist der Höhepunkt der Lyriden …", betonte Michaela noch einmal, wusste aber schon, dass sie sich nicht mehr aufraffen würden. Beide nicht.

Am nächsten Morgen wurden die zwei wie jeden Tag um 6.30 Uhr durch ihren Radiowecker von einem gut gelaunten Frühstücksmoderator geweckt:

„Guten Morgen an alle. Hoffe, ihr habt gut geschlafen. Weil heute eine besondere Nacht war, schalte ich mal direkt zu unserem Außenreporter Andreas, der bis eben auf dem Feldberg Sternschnuppen beobachtet hat. Andreas, wie waren die Lyriden?"

„Boah! Einzigartig. Einfach wunderschön. Mit das Faszinierendste, was ich je in meinem Leben erlebt habe. Ich konnte vorhin mit einem Meteorologen vom Deutschen Wetterdienst sprechen, der mir bestätigt hat, dass eine so ausgeprägte Sternschnuppennacht in Deutschland wohl nur einmal in hundert Jahren auftritt.

Dazu kommt, dass das Tief über der Biskaya deutlich schneller nach Europa zieht, als erwartet. Das heißt, dass der Himmel ab heute Mittag überall bedeckt sein wird, sodass man in den nächsten Nächten leider gar nichts mehr sehen wird.

Umso mehr freue ich mich, dass ich dieses sensationelle Himmelsfeuerwerk miterleben konnte. Glaub mir, das sah aus …"

Michaela schlug auf den Ausschaltknopf des Weckers und starrte fassungslos die Wand an, während die Worte, die sie gerade gehört hatte, in ihrem Kopf rotierten: „Tief über der Biskaya" – „Wunderschön." – „Einmal in hundert Jahren."

Dann rüttelte sie Jens wach, der einfach weitergeschlafen hatte. Wütend sagte sie: „Versprich mir, dass das nie wieder passiert."

Woraufhin er schlaftrunken brummte: „Was … nie wieder passiert?"

„Dass wir einen unserer Träume verpassen … nur

weil … weil irgendwas anderes gerade wichtiger erscheint. Bitte, versprich es mir!“

Jetzt starrte Jens sie mit großen Augen an. „Du meinst … das mit den Sternschnuppen?“

Leise sagte sie: „Nicht irgendwelche Sternschnuppen … sondern: Sterne, die wie Regen vom Himmel fallen.“

RAMONA EIBACH

Starthilfe für den Frühlingsboten

„Endlich geht es los!“, hatte er gedacht, als sie vor 12 Tagen aufgebrochen waren. Mit der Aussicht auf reichlich Nahrung, Sonne und Wärme hatten sie sich in die Luft geschwungen, als flögen sie aus purem Vergnügen. Doch mit der Zeit hatten sich Zweifel tief in das Gefieder der kleinen Rauchschwalbe gefressen. Schon seit Tagen war das Fliegen für Fridolin zur Qual geworden. Sie hatten die Alpen erreicht. Immer wieder spürte er, dass er trotz der stellenweise starken Aufwinde an Höhe verlor, während seine Artgenossen scheinbar mühelos dem Frühling entgegenschwebten. Er fiel zurück. Je näher die Klippen kamen, desto mehr wuchs die Angst. Als er spürte, dass seine Kraft aufgebraucht war, war es schon zu spät. „Das war's“, dachte Fridolin, als er kraftlos in die Tiefe stürzte. Doch zu seinem Erstaunen blieb der harte Aufprall aus. Er fühlte sich weich und geborgen.

„Du hast mir einen ordentlichen Schrecken eingejagt“, behauptete eine freundliche Stimme. Der Jungvogel öffnete langsam seine Augen. Was er sah, überwältigte ihn: Endlose Weite, doch die Kälte war weg. Er lag gut gepolstert auf dem Rücken eines riesigen Vogels. Das konnte nur eins bedeuten.

„Bin ich .... im Himmel?“, fragte der Schwalbenjunge. Wenn dieser große Vogel ihn nicht gefressen hatte, musste er ein Engel sein. „‚*Am* Himmel‘, trifft es eher!“ Die tiefe Stimme lachte ein sonores Lachen: „Ich habe dir das Leben gerettet, du Turteltaube!“ Sanft schwebte der Riese zu Boden. „Noch ein paar Meter und du hättest an den Klippen geendet!“

„Bist du ein Engel?“, fragte die kleine Schwalbe. „Nein, ein Steinadler“, erklärte das Gegenüber das Offensichtliche. „Warum hast du mich nicht gefressen?“ „Keinen Hunger!“, scherzte der Riese. Er setzte Fridolin auf einem Felsen ab. Bis gerade hätte alles auch ein Traum sein können, doch jetzt kam die Realität mit Macht zurück. Der Wind prügelte gnadenlos auf die beiden ein. „Ich habe ein Herz für kleine Vögel.“ Der Adler legte seine großen Flügel über den zitternden Federbausch. Ganz uneigennützig war die großmütige Geste allerdings nicht. Dass er als Adler Futtervögel rettete, war eine Sache. Aber er musste dem kleinen Bruchpiloten nicht auch noch seinen hängenden Schnabel zeigen.

„Mein Sohn ist aus dem Nest gefallen, als er klein war“, krächzte der Greifvogel, „ihn hat leider niemand auffangen können. Seit er tot ist, kann ich keine kleinen Vögel mehr fressen. Außerdem bist du ein Frühlingsbote. Frühlingsboten frisst man nicht!“

„Frühling!“, schnaubte Fridolin. Jetzt kochte die Schwalbe vor Wut – so gut das bei Minusgraden ging. Seine Erschöpfung machte ihn streitlustig. Falls es diesen sagenumwobenen Frühling, dem alle hinterherflogen, wirklich gab, war er unerreichbar. „Am Ende glaubst du auch noch an Wunder, was?“, piepste er schrill. „Ja, das tu ich. Zu Recht. Dass wir jetzt reden, das IST ein Wunder! Ich war im richtigen Moment da, um dich zu retten, und jetzt mach was aus deinem Leben!“ Flügelschlagend verließ Fridolin den Schutz des Adlers. Ein verzweifeltes Seufzen entfuhr ihm. „Meinst du, ich komme jemals an? Mir fehlt die Kraft für die Reise. Die anderen sind weg. Alleine schaffe ich es auf keinen Fall.“ Er hüpfte gegen den Frost an wie ein Tischtennisball auf Abwegen. „Schau doch!“, beschwerte er sich. „Frühling haben sie mir versprochen. Ich habe an ihn geglaubt, ich konnte ihn spüren. Deshalb bin ich aufgebrochen. Aber jetzt, zwischen Eiszapfen und kahlen Felsen kann ich mir nicht mehr vorstellen, dass irgendwo wirklich Frühling ist. Ich kann nicht mehr.“

Der Steinadler ging vor dem flauschigen Eisbällchen in die Knie und drehte ihm seine Rückseite zu: „Komm, wir wärmen uns auf. Steig auf!“ Widerwillig flatterte Fridolin auf den ausladenden Rücken. Viel lieber wäre er jetzt selbst in der Lage, sich oben zu halten. Es ärgerte ihn, aber er konnte nicht anders, als den kurzen Flug zu genießen. Sie landeten in einer Felsspalte. Die kuscheligen Daunen im geräumigen Adlerhorst ließen die Schwalbe Kälte und Ärger vergessen. Jede Faser seines Körpers saugte die Wärme auf. Er tauchte mit dem Kopf unter seinen Flügel, dann schlief er ein. Der Adler ließ ihn ausruhen und suchte etwas Essbares. Als er nach einiger Zeit ins Nest zurückkehrte, befand sich die Rauchschwalbe noch immer in tiefen Träumen.

Der Greifvogel betrachtete das schlafende Knäuel nachdenklich. Dann sah er den Kopf der Schwalbe unter dem Flügel hervorkommen.

„Frühstück!", sagte er. Fridolin hüpfte ausgeruht zu den wenigen Körnern und Samen, die im kahlen Gebirge zu dieser Jahreszeit das einzige Essbare für ihn darstellten. Insekten und Würmer waren nicht zu finden.

Er zwitscherte fröhlich. „Willst du nichts essen?", fragte er mit vollen Backen. „Nein, bin satt", antwortete der Adler. Dass er eine Maus zum Frühstück gehabt hatte, verschwieg er lieber. Fridolins Gesang wurde mit jedem Bissen schöner und voller. „Schwalbengezwitscher", schwärmte der Adler. „So klingt der Frühling. Du hast ihn in mein Nest gebracht. Er ist schon in dir. Ich weiß es, seitdem du mir zugeflogen bist. Du bist und bleibst ein Frühlingsbote!" Der Jungvogel verstummte, diesmal unfähig zu widersprechen. Er schwieg, um dem Gefühl Raum zu geben, das sich in seiner Brust breitmachen wollte. Er hielt inne, bis er kaum hörbar einen Satz in die fast heilige Stille fallen ließ: „Ich kann ihn wieder spüren!"

Der Steinadler legte einen Flügel seitlich an den Kopf, wie es Eltern manchmal tun, wenn Kinder zuhören sollen. „Da draußen ist er auch." Fridolin lauschte. Schwalbengezwitscher! Schwarz flimmerten sie am Horizont. Kraft strömte in seine Schwalbenflügel und fast automatisch breitete er sie aus. „Danke für alles", hauchte er feierlich, „ich muss los. Den Frühling bringen."

Die kleine Schwalbe schwang sich beherzt in die kalte Bergluft. Der Greifvogel schaute ihr nach, bis sie ganz im Schwarm ihrer Artgenossen verschwand. Noch einen kurzen Moment hallte das Gezwitscher hinter dem Horizont nach. Fast meinte er, Fridolin habe ihm zum Abschied etwas zugerufen. Es klang wie: „Endlich geht es los!“

BRIGITTE RATH

Überraschung im Seniorenheim

„Jetzt geht es los." Schwester Anne stürmte in das Zimmer von Frau Schröder. „Kommen Sie, Frau Schröder. Jetzt geht es los. Wir fangen gleich an."

Frau Schröder starrte missmutig vor sich hin. Was sollte hier schon los sein? Seit einem Jahr war sie im Seniorenheim und eigentlich war nie wirklich etwas los. Die Tage verliefen gleichförmig. Nichts passierte.

Ja, zu Hause, da war immer etwas los gewesen. Zuerst mit ihren sechs Geschwistern, später mit eigener Familie, zwei Kindern. Sie war aktiv in der Kirchengemeinde und im Besuchsdienst. Langeweile kannte sie nicht.

Aber das war lange vorbei.

Nun war sie hier. In einem kleinen Zimmer. Ein paar Bilder ihrer Lieben hingen an den Wänden. Und auf ihrem Nachttisch lagen ihre Bibel und das Losungsbüchlein. Beide waren ihr das ganze Leben lang treue Begleiter gewesen. Jeden Morgen las sie darin. Aber irgendwie erreichten die Texte ihr Herz nicht mehr.

Den anderen Bewohnern im Heim hatte sie sich nie richtig angeschlossen. Warum auch? Das waren fremde Menschen für sie, mit denen sie nichts zu tun haben wollte.

Das Pflegepersonal hatte wenig Zeit. Ein bisschen anders war das geworden, als Schwester Anne vor zwei Monaten hier anfing.

Ihr war die Traurigkeit von Frau Schröder gleich aufgefallen und sie versuchte, mit ihr ins Gespräch zu kommen. Auch über den Glauben hatte sie mit ihr gesprochen. „Ja", hatte Frau Schröder gesagt, „ich habe in meinem Leben immer wieder erlebt, dass Gott in schwierigen Situationen bei mir war. Ich habe auch keine Zweifel, dass es ihn gibt. Nur jetzt scheint er nicht mehr für mich da zu sein."

Annes Blick fiel auf den Nachttisch. „Vielleicht sollten wir mal gemeinsam lesen, welches Bibelwort für den heutigen Tag in der Losung steht." „Ach, das hab ich schon gelesen. Aber wir können es gerne auch noch mal zusammen tun." „Hier steht: ‚Du bist meine Hilfe, verlass mich nicht und tu die Hand nicht von mir ab, du Gott meines Heils.'"

„Du bist meine Hilfe." Frau Schröder sagte das ganz leise. „Früher habe ich das auch immer wieder betont. Ich weiß auch, dass das heute noch gilt. Aber manchmal fällt es mir doch schwer, das zu sagen." Und setzte resigniert hinzu: „Ach, Altwerden hat nichts Schönes."

„Heute gibt es aber noch eine Überraschung", unterbrach sie die Schwester. „Vielleicht lenkt Sie das ja ein bisschen ab. Darf ich Sie in den Gruppenraum bringen?" Frau Schröder wäre lieber in ihrem Zimmer geblieben. Aber weil sich Schwester Anne so große Mühe gab, wollte sie sie nicht enttäuschen. „Na gut, dann komme ich mal mit. Ausnahmsweise!"

Schwester Anne schob sie in ihrem Rollstuhl in den Saal, in dem schon etliche Heimbewohner saßen. Alle waren sehr gespannt. Plötzlich hörte man Lärm auf dem Flur. Die Tür flog auf und eine ganze Horde Kinder stürmte herein. Das also war die Überraschung, von der Schwester Anne gesprochen hatte.

Sie kamen vom Kindergarten, der gegenüber des Seniorenheims lag. Auf dem Spielplatz davor ging es lebhaft zu und das Lachen und Geschrei war bis in die Zimmer der Heimbewohner zu hören. Als Frau Schröder gestern an ihrem Fenster stand und hinuntersah, hatte ihr sogar eines der Kinder zugewunken. Wehmütig hatte sie dabei an ihre eigenen Kinder und Enkel gedacht.

Sie entdeckte das kleine Mädchen, das ihr gewunken hatte. Es war ein bisschen schüchtern. Aber es lächelte ihr zu. Offenbar hatte es die ältere Frau auch wiedererkannt. Zögernd ging es auf Frau Schröder zu.

„Na du, ich glaub, ich kenn dich. Hast du mir nicht gestern gewunken?“ Frau Schröder lächelte das Mädchen an. „Ja, ich hab dich da oben am Fenster gesehen.“ „Wie heißt du denn?“ „Ich heiße Lina.“ „Das ist aber ein schöner Name. Ich bin Frau Schröder.“

Schwester Anne ergriff das Wort. „Wir freuen uns sehr, dass es geklappt hat und uns der Kindergarten ‚Rappelkiste‘ besucht. Toll, dass ihr hier seid.“

„Schön, dass Sie uns eingeladen haben“, sagte Frau Redies, die Kindergartenleiterin. „Die Kinder haben für Sie ein Lied eingeübt. Ein Bewegungslied. Wenn Sie wollen, machen Sie gerne mit.“

Und dann ging es los: „Er hält die ganze Welt in seiner Hand. Gott hält die ganze Welt in seiner Hand." Die Kinder sangen lauthals, beschrieben mit ihren Armen die Welt und streckten ihre Hände aus. Frau Schröder merkte plötzlich, dass ihr Fuß im Takt mitwippte und sie leise vor sich hin summte. Manche machten sogar schon die Bewegungen mit. Die Kinder sangen weiter: „Er hält die Dicken und die Dünnen" und lachten, als Herr Bergmann, der einen ordentlichen Bauch hatte, bei den Dicken aufstand und die hagere Maria Kräuter sich bei den Dünnen erhob. Als dann die Strophe kam „Er hält die Alten und die Jungen in seiner Hand", sangen alle mit.

Dann kam die nächste Überraschung. Frau Redies verkündete: „Bald ist Ostern. Damit Sie Ihre Zimmer ein bisschen verschönern können, haben die Kinder für Sie gebastelt." Die Kleinen stürzten sich auf eine bunte Kiste, die sie mitgebracht hatten. „Guck mal, wir haben ganz viele Ostereier bemalt", „... und Hasen gebastelt ...", „... und Hühnchen ...", „... und Blumen ...". Jedes Kind nahm etwas aus der Kiste und brachte es zu den Bewohnern. Die saßen da und ließen sich beschenken, und manch einer von ihnen hatte Tränen in den Augen.

Frau Schröders Traurigkeit verflog. So viel Freude hatte sie schon lange nicht mehr erlebt. Der Losungsvers, den Schwester Anne gelesen hatte, kam ihr wieder in den Sinn. „Du bist meine Hilfe. Verlass mich nicht!" War das vielleicht der Anfang einer Hilfe? Seiner Hilfe? Aber wie würde es morgen sein, wenn die Kinder wieder weg waren?

Wie freute sie sich, als Schwester Anne bekannt gab:

„Ab jetzt werden uns die Kinder jede zweite Woche dienstags besuchen. Vielleicht finden sich hier ja sogar Ersatz-Omas und -Opas." Ein Strahlen ging über die Gesichter, die alten und die jungen.

Frau Schröder merkte, dass Lina plötzlich wieder neben ihr stand: „Meine Oma wohnt in Hamburg. Ich seh sie nur ganz selten. Frau Schröder, willst du, willst du vielleicht meine – wie heißt das – meine ... Satzoma sein?" Frau Schröder stiegen die Tränen in die Augen.

Vielleicht war sie doch nicht ganz unnütz. „Willst du oder willst du nicht?" Erwartungsvoll sah Lina sie an. „Ja, es ist mir eine Ehre, deine Ersatz-Oma zu sein. Aber das Wort ist viel zu kompliziert. Oma reicht völlig. Oma Liselotte." „Ich hab jetzt noch 'ne Oma", Lisa hüpfte lachend um Frau Schröder herum. „Eine hier und eine in Hamburg. Du musst dich aber immer ans Fenster stellen, wenn ich auf dem Spielplatz bin. Und ich besuch dich ganz oft."

Als sich die Kinder verabschiedet hatten und wieder Ruhe eingekehrt war, rollte Schwester Anne Frau Schröder zurück in ihr Zimmer. Ein Lächeln lag auf deren Gesicht und sie summte vor sich hin: „Er hält die ganze Welt in seiner Hand. – Wie wahr."

ESTHER MARX

Der Lobpreis

„Jetzt geht es los!" Sie zuckte zusammen. Obwohl sie die ganze Zeit hoch konzentriert auf das Anklopfen des Regieassistenten und das Signal zum Aufbruch gewartet hatte, durchfuhr das Pochen nun ihren ganzen Körper und erschreckte sie fast zu Tode.

Voller Anspannung hatte sie die letzte halbe Stunde in ihrer Garderobe zugebracht, war auf und ab gegangen, nur um sich im nächsten Augenblick wieder zu setzen und erneut aufzustehen. Sie rieb sich nervös die schwitzenden Hände.

Auf diesen Tag heute hatte sie die letzten Jahre hingearbeitet. Sie hatte alles dafür geopfert, jede freie Minute hatte sie verbissen investiert, um heute hier zu sein und zu spielen. Hart war sie gewesen – gegen sich selbst und andere. Zuletzt hatten ihre Bekannten sie erst gar nicht mehr gefragt, ob sie Lust auf ein Treffen habe. Ihre Glücksformel hieß: Übe und arbeite! Doch jetzt, wo es so weit war, fühlte sie sich, als würde man ihr den Boden unter den Füßen wegziehen.

Ja, sie war stolz, dass sie es geschafft hatte, dass sie nun kurz vor dem Ziel stand, der Welt beweisen konnte, dass es sie gab.

Doch gleichzeitig hatte sich in dieser letzten halben

Stunde ein Schleier gelüftet: Da war kein Berg, auf dem sie stand und der den Blick auf das verheißene Land freigab. Sie stand an einer Wand und blickte zurück. Sie hatte nicht auf ein Ziel hingearbeitet, sie war auf der Flucht gewesen. Und nun gaffte ihr die Angst ins Gesicht.

Sie konnte ihn spüren – den Schmerz.

Da war ein Kellerloch, dort lauerte er.

Sie musste hart bleiben. Hart! Stark! Jeden kleinsten Impuls der Schwäche abtöten!

Wieder klopfte es an der Tür. Die Stimme von eben drang wieder an ihr Ohr: „Alles in Ordnung? Brauchen Sie noch etwas?"

Erst jetzt wurde ihr die Person jenseits der Tür bewusst. Merkwürdig. Der Regieassistent Ben mit dem sonoren Basston, den alle nur scherzhaft Benjamin Blümchen nannten, hatte bisher alle Proben begleitet. Doch diese Stimme war eindeutig einer weiblichen Person zuzuordnen. Wer war da? Irritiert darüber fühlte sie sich verpflichtet, an die Tür zu gehen und Bescheid zu geben, dass alles okay war. Aber: War wirklich alles okay?

Sie öffnete. Überrascht wich sie einen Schritt zurück.

Eine ältere Frau. Sie stand nicht vor ihr, sie saß. Ihr Lächeln war so warmherzig, die Fältchen um ihre grauen Augen strahlten, als ginge die Sonne auf.

„Oh, Verzeihung, ich habe Sie erschreckt ... Sie haben Ben erwartet. Ich bin Imma. Die neue Regieassistentin, na ja, genau genommen nicht die Neue, ich bin nur die lahme Vertretung", sie deutete verschmitzt lächelnd auf ihren Rollstuhl. „Und unser armer Benjamin Blümchen hat die Bekanntschaft mit dem flotten Otto gemacht." Imma lachte über ihren Scherz und zwinkerte.

„Ihr Auftritt beginnt in zehn Minuten. Sie haben eben nicht geantwortet, und ich wollte sichergehen, dass Sie es mitbekommen haben."

„Ja, ja, vielen Dank! Ich mache mich fertig." Schnell wollte sie die Tür wieder schließen, doch die „lahme Vertretung" war nicht so leicht abzuschütteln:

„Ich habe Ihnen die letzten Tage schon bei den Proben zugehört. Ihre Spieltechnik ist einfach bemerkenswert, Ihre Intonation perfekt, der Ton brillant. Das wird ein wunderschönes Konzert werden heute! Ich wünsche Ihnen viel Erfolg!"

„Vielen Dank, das ist sehr nett, dass Sie das sagen." Höflich, aber bestimmt ergriff sie die Türklinke und zog daran. Die Unterhaltung war für sie beendet.

„Für wen werden Sie spielen?"

„Für wen ...?" Irritiert schob sie die Tür wieder ein Stück auf, ihre Stirn legte sich genervt in Falten. „Wie meinen Sie?" Sie wollte nicht unhöflich sein, aber eigentlich wollte sie jetzt nur noch eines: ihre Ruhe! Keine dummen Fragen beantworten! Türe zuschlagen!

Beschwichtigend legte Imma ihre faltendurchfurchte Hand auf die Hand, die die Türklinke fest im Griff hatte und nun verkrampft noch fester umschloss. Hart! Stark! Abwehrend! Unnahbar!

Doch die Berührung fühlte sich an wie ein samtwarmer Sommerwind, der sanft über die Haut strich und Sehnsucht weckte nach Nähe, nach Halt. Sehnsucht nach ... Mama.

„Schönheit!“ Imma blickte liebevoll zu ihr auf, „Schmerz verwandelt ER in Schönheit!“

Wie elektrisiert zuckte die Hand unter Immas Hand zurück. Sie schluckte. „Ich muss jetzt ...“

„Natürlich!“ Imma legte bedächtig ihre Hände wieder an die Räder des Rollstuhls, wünschte ihr viel Glück und rollte davon.

Wie in Trance holte die Zurückgelassene ihr Cello, begab sich zur Bühne.

Das Publikum applaudierte in freudiger Erwartung. Sie lächelte dem Dirigenten zu, dem Orchester, dem Publikum.

Dann die ersten Töne, ein warmer satter Klang. Er brachte in ihr etwas zum Schwingen, zum Schmelzen.

„Für wen spielte sie?“

Die Freikarten, die man ihr zur Verfügung gestellt hatte, lagen unberührt zu Hause auf dem Tisch. Es gab niemanden, den sie hätte einladen können.

Spielte sie für das fremde Publikum? Für sich selbst? Für ihre Eltern, die ihr den Cellounterricht als Kind finanziert hatten?

Für ihre Mutter? Ihre Mama? Mama! Ein Gefühl von Geborgenheit strömte in sie hinein und nahm sie mit in die Vergangenheit. Sie war ein Kind. Ihre Mama war bei ihr, sie konnte ihr unbeschwertes Lachen hören. Bei Mama war alles immer ein Spiel gewesen, über alles hatte sie gelacht, hatte das Schwere einfach weggelacht. Sogar die blauen Flecken. Und dann hatte Mama sie mit ihm alleingelassen.

Sie schluckte. Wie groß war ihre Sehnsucht gewesen?

Wie groß ihre Träume und dann die Ernüchterung. Es konnte keinen Menschen geben, dem man wirklich vertrauen konnte. Niemand hatte ihr geglaubt.

Sie hatte funktioniert. Irgendwie hatte sie es geschafft. Aber ein kleines Mädchen war im dunklen Kellerloch zurückgeblieben. Der Wille zu überleben sucht sich seine eigenen Wege, aber er schafft es nicht, das Unfassbare auszuradieren.

Der Schmerz, er strömte aus ihr heraus, haftete sich an ihren teuren Bogen, klebte wie Pech am Körper ihres alten wertvollen Instruments.

Was hatte Imma gesagt?

„Schmerz verwandelt ER in Schönheit."

Und auf einmal wusste sie es, nein, es ergriff sie wie eine Welle und riss sie mit sich fort. Sie spielte weiter und immer weiter. Jeder Ton brach aus ihr heraus. Jeder Ton war ein Teil von ihr selbst und suchte sich einen neuen Weg hinaus in die Welt.

Der Schmerz – so schwer es war, ihn auszuhalten –, er durfte sein. Er legte sich in jeden Ton, stieg auf, wirbelte herum, bäumte sich auf und tanzte mutterseelenallein, durchdrang den Saal bis in die hinterste Ecke und verließ verzweifelt das Gebäude Richtung Himmel als Gebet. Ihr verwundetes Herz lag offen: „MAMA, MAMA, WARUM HAST DU MICH VERLASSEN?"

Die Zuhörer waren wie gefangen. Berührt. Der letzte Ton schwang sich hoch und verhallte, bis völlige Stille einkehrte.

Der erste Aufbruch war zum Stehen gekommen, verharrte regungslos, atmete auf, holte Luft.

Schließlich ein hingerissenes Publikum. Standing Ovations, stürmischer Applaus, Begeisterung, Jubelrufe, Blumen!

Sie weinte. Sie war leer. Sie zitterte, bebte, alles schien sich zu drehen, sich aufzulösen.

Da spürte sie die Hand. Sie war wieder da. Die Hand der „lahmen Vertretung". Dann breitete Imma die Arme aus. Drückte sie. Sie spürte Halt. Sie war gehalten, sie brach nicht auseinander!

Sie ahnte: Es war nur ein Anfang und ein langer Weg lag vor ihr. Doch Immas Gesicht leuchtete vor Freude und ihre Augen ruhten auf ihr. Diesmal war sie nicht allein. Ihr Schmerz hatte ein Gegenüber bekommen, das weitaus größer war als alle Angst.

Schönheit – sie wurde erahnbar. Eine Tür war aufgegangen, nur ein kleines Stück, und doch fiel genug Licht herein, um der Dunkelheit ihres Herzens einen Weg zu weisen: Hoffnung auf einen neuen Morgen.

Cornelia Haverkamp (Hrsg.)

Damit *für dich* die Sonne scheint

Kleine Weisheitsgeschichten

64 S., Taschenbuch,
ISBN 978-3-7655-4116-2

Was lässt sich von einem Bleistift alles lernen? Wie kann aus einem Topf mit Steinen eine schmackhafte Suppe werden? Gibt es ein Rezept für ein glückliches Jahr? Warum ist es manchmal nötig, den Löwenzahn im Rasen zu lieben?

Kleine Geschichten und Parabeln voller Weisheit über Blumen, Tiere und Menschen, Himmel und Erde und die Kunst, ein gutes Leben zu führen.

Damit auch an grauen Tagen die Sonne scheint ...

Cornelia Haverkamp (Hrsg.)

Vom Duft der Rosenblüte

und andere Weisheitsgeschichten

64 S., Taschenbuch,
ISBN 978-3-7655-4013-4

Was passiert, wenn man versucht, es allen recht zu machen? Warum ist es richtig, nicht zu bescheiden von sich zu denken? Was lässt sich von Gänsen, Hunden oder Fröschen lernen? Die Geschichten in diesem Buch sagen mehr als hundert Theorien über Glück und Unglück, Lebenskunst und Menschlichkeit, Glaube, Hoffnung und Liebe.